I0550990

Satires

SUIVIES D'UNE

MESSÉNIENNE,

PAR

Hippolite Bonnellier.

A PARIS,

CHEZ LES MARCHANDS DE NOUVEAUTÉS.

———

IMPRIMERIE DE LACHEVARDIERE FILS,

SUCCESSEUR DE CELLOT,

rue du Colombier, n. 3o.

1824.

SATIRES

SUIVIES D'UNE

MESSÉNIENNE.

38916

Satires

SUIVIES D'UNE

MESSÉNIENNE,

PAR

Hippolite Bonnellier.

A PARIS,

CHEZ LES MARCHANDS DE NOUVEAUTÉS.

—

IMPRIMERIE DE LACHEVARDIERE FILS,

SUCCESSEUR DE CELLOT,

rue du Colombier, n. 5o.

1824.

LES BIOGRAPHIES

DES

HOMMES VIVANTS.

atire.

Mentita est iniquitas sibi. (BIB. , ps. 26 , vers. 12.)

C'est à toi, mon ami, que s'adressent mes vers.
Ne crains pas cependant que ma muse, facile
A suivre, en ta faveur, un insensé travers,
Te proclame Mécène et m'égale à Virgile,
Décore tes vertus de titres somptueux:
Cet encens profané déplairait à tous deux.
L'honnête homme en mépris reçoit la flatterie,
Il sait qu'on la prodigue à parer l'infamie;
Timide, il se refuse à l'hommage éclatant:
On peut bien l'honorer, mais c'est en l'imitant.
Tu connais cependant la nouvelle manie
De vanter les vivants dans la Biographie;

Tu sais que d'un écu dépend l'insigne honneur
D'apprendre qu'on existe au curieux lecteur;
Que parmi les héros, les tyrans et les papes,
Les lettrés, les rabbins, les doctes Esculapes,
Un pied plat peut oser hardiment se ranger
S'il a cette vertu de savoir protéger,
Bien payer au comptant l'encens biographique,
Encens tout aussi pur qu'éloge académique.

Mais n'admires-tu pas que ce culte honteux
Rendu par des flatteurs au mérite orgueilleux,
Devienne des partis l'instrument et l'oracle?
Et que l'histoire même, auguste tabernacle
Où l'on plaça du vrai le principe sacré,
Perdant la majesté de son droit révéré,
Se livre de nos jours au vénal libelliste,
Qui, paré dans son club du nom de publiciste,
Aux fripons opulents vend des brevets d'honneur,
Et, champion gagé d'un ennemi sans cœur,
Fait de la tolérance et des vertus du sage
Le prétexte ignoré de son public outrage.

Ainsi par ces écrits notre cœur perverti,
Insulte au galant homme en faquin travesti;
Honore d'un pied plat le mérite éphémère,
Acheté trois dîners, à la plus folle enchère;

Se voue à célébrer de faux braves titrés,
Des anciens preux français enfants dégénérés,
Qui, courbés sur l'amas de leur pourpre flétrie,
Font subir à leur nom le joug de l'infamie,
Et d'un corps énervé, par la peur défendu,
Revendent à vil prix un sang vingt fois vendu.
Oui, nous jugeons, ami, le siècle et son génie
D'après l'arrêt menteur de la Biographie.

    Non qu'ici mon esprit se trouve révolté
De ces honneurs rendus par leur postérité
Au mérite éclatant des hommes d'un autre âge;
Elle doit à leurs noms ce noble témoignage,
Que la gloire survit aux ravages du temps.
On peut louer les morts... mais flatter les vivants!
Leur mettre sous les yeux l'éloquent paragraphe
Qui doit servir de texte à leur triste épitaphe,
Prétendre les juger comme on juge un portrait,
Au gré d'un sot caprice ou d'un vil intérêt !
Que dis-je ! j'en ai vu de ces hommes célèbres,
Composant à loisir leurs oraisons funèbres,
Se baptisant des noms de Nestor, d'Apollon,
Colportant leur notice au boudoir, au salon,
Et criant : Me voilà, je brille dans l'histoire;
On m'a placé, vivant, au temple de mémoire !...

—On t'y verra mourir, Andreuss, mauvais penseur,
Dont la muse bavarde, assommant le lecteur,
Prêcha la liberté, l'athéisme et l'empire,
Caressa les partis, encensa leur délire,
Et, soldée à la fois par vingt pouvoirs divers,
Grossit les almanachs du fatras de tes vers.
— Pour toi, fameux guerrier que la Biographie
Signale à mes respects, j'aurais la bonhomie
De baiser les cordons qui couvrent ton manteau?
Mais ne t'ai-je pas vu, désertant ton drapeau,
Porter à l'ennemi ton impuissante épée,
Sourire quand des tiens la vaillance trompée
Succombait sous les coups d'un fer usurpateur,
Et, traître, mendier le prix du déshonneur?
«—Du moins, me direz-vous, Belcourt, savant légiste,
» Électeur éligible, et dévot janséniste,
» Obtiendra votre hommage, et vous consentirez
» Que ses rares talents, par ma plume illustrés... »
Belcourt! ce journaliste affamé plagiaire,
Heureux représentant de votre circulaire,
Dévot salarié par l'église aux abois,
Séide des Brutus, satellite des rois,
Échappé des bureaux pour aller à la chambre,
Et livrant la tribune aux mœurs de l'antichambre!

Non, je n'approuve pas vos respects imposteurs ;
Je hais la calomnie à l'égal des flatteurs.
Biographes gagés, dispensateurs de gloire,
Brisez votre burin qui fait rougir l'histoire ;
Ne parez plus le fat du nom de bel esprit ;
Laissez au faux dévot, dont le sage se rit,
Le mérite honteux d'abuser la sottise.
Croyez-moi, le grand homme, et sans votre entremise,
Livrant son nom fameux à la postérité,
Recevra les honneurs de l'immortalité :
Bien mieux qu'en vos écrits sa gloire est retracée
Dans les actes vivants que créa sa pensée...
Eh ! qui fouilla jamais dans vos in-octavos ?
On se souvient d'un homme en voyant ses travaux.
Ce poëte proscrit, dont le noble courage,
Du malheur, de l'exil a défié l'outrage,
Son siècle le connaît, il a fait MARIUS.
Cet ermite penseur, dont le regard d'Argus,
Profond et vigilant, rival de la justice,
Épouvante les sots et démasque le vice,
Il voit dans l'avenir la VESTALE et SYLLA.
En vain cachant aux yeux le chantre d'ATALA,
D'un éclatant habit la changeante parure
Ne montre à nos respects que la puissance obscure :

Laissons le *favori*, mais que notre équité
Honore dans l'*auteur* son immortalité.
Biographes, mourez... Échappé de ma main,
Michaud va dans le feu terminer son destin ;
Michaud in-octavo, Michaud le biographe,
Qui vend, même à crédit, l'honneur d'un paragraphe.
De le tirer du feu je fus presque tenté,
Mais, laissant mes tisons venger la vérité,
Je voulus contempler, dans ma philosophie,
La gloire, la fumée et la Biographie.
De loin j'apercevais les restes d'un grand nom,
Vingt feuillets me parlaient de l'illustre Damon,
Me vantaient ses talents, ses vertus, sa science,
Dans la postérité me le montraient d'avance ;
Mais la flamme en courant dévorait ses vertus,
Et, mon livre brûlé, Damon n'existait plus.

LES COMMIS.

Satire.

. . . . . . Et quoiqu'il en guérisse,
On en verra du moins la cicatrice.

J.-B. ROUSSEAU.

O chantre de Mécène! ô toi, divin Horace!
Lorsque tu déplorais, du sommet du Parnasse,
Tous les maux attachés aux fragiles destins
De ces enfants des dieux, les malheureux humains;
Lorsque tu les peignais, au milieu des traverses,
Maudissant tour à tour leurs fortunes diverses,
Oubliais-tu, dis-moi, qu'il était des commis?
Serfs ministériels à la glèbe soumis,
Ilotes dévoués, qui, rampant pour mieux plaire,
Vont au prix de la honte acheter leur salaire;
Déshérités du droit de penser, de parler,
Espèrent le décret qui doit les ravaler;
Et, jouets trop constants des caprices du maître,
Sur un geste, un coup d'œil, jugent ce qu'il faut être:
Attristés ou contents, selon l'ordre nouveau,
C'est, disent les commis, prendre l'air du bureau.

Ah! si dans ton esprit ta fidèle mémoire,
Horace, eût pu graver la déplorable histoire
De ces scribes honteux dont mon cœur attristé
Déplore l'infortune; alors la vérité,
Sous ta plume éloquente exerçant son empire,
Au despote insolent eût prouvé son délire,
Eût éveillé chez l'homme au pouvoir asservi
L'honneur, sentiment libre, et toujours ennemi
Du despotisme affreux qu'impose à la faiblesse
L'intrigant orgueilleux d'une illustre bassesse.
    Mais peut-être qu'au temps où vivait Mécænas,
Respectant la vertu, la faveur n'aurait pas
Insulté lâchement, dans sa noble indigence,
Celui dont le travail est la seule espérance.
Peut-être que l'état, libre de faction,
Méconnaissait ce mal qu'on nomme opinion;
Chimère insupportable et de nos jours puissante,
Qui du palais des rois, en sa manie errante,
Vint porter en tous lieux son funeste poison.
Sœur de la politique, elle en a le jargon
Équivoque, hardi, le plus souvent perfide;
Tantôt flattant les rois, tantôt le régicide :
A la discorde encore empruntant sa fureur,
L'opinion flétrit tous les plaisirs du cœur;

Secouant son flambeau jusqu'au sein des familles,
Aux caresses d'un père elle arrache les filles,
Divise les parents, les frères, les amis,
Et pèse sur les fers qui chargent les commis.

Malheureux! un instinct qui naît de l'esclavage
Les livre sans murmure au caprice, à l'outrage
D'un chef qui, pour flatter un plus puissant que lui,
Les approuvait hier, les condamne aujourd'hui :
Transfuge d'un parti déchu de la puissance,
Le chef à ses commis prescrit son inconstance,
Leur rachète au rabais tous leurs vieux sentiments,
Minute l'abrégé de leurs nouveaux serments;
Et malheur au commis dont le cœur indocile
Hésiterait alors à se montrer servile!
Car bientôt, abusant de son droit du plus fort,
Le chef lui prouverait, par un méchant rapport,
Que l'honneur est de trop pour qui tient une place :
On conserve Anitus, et Socrate on le chasse.

Encor si des emplois le malheureux martyr
A l'œil observateur se contentait d'offrir
Le déplorable aspect de toute sa misère!
Mais on se rit du sort qui lui fut si contraire,
Lorsqu'on voit Alidor, très humble serviteur
De l'habit chamarré d'un grand, d'un directeur,

Encensant un costume et rampant à sa suite.
Il rentre en son bureau; suivez bien sa conduite :
Il jette à bas le masque, et soudain arrogant,
Assourdit le public de son verbe éclatant.
Vient-on l'interroger, il vous promet à peine
De fouiller au registre où sa solde l'enchaîne ;
Et comme à l'antichambre il subit des mépris,
Il fait subir ailleurs ses plats airs de commis;
Pour se venger d'un grand il singe sa sottise,
Et, sot imitateur, il se ridiculise.

Bettinville est moins fier; depuis plus de dix ans,
Bettinville est commis, commis à neuf cents francs.
Il a vu s'avancer bien loin dans la carrière
Les anciens compagnons de sa longue misère :
« L'intrigue les poussa, dit-il, et, par ma foi,
» De ne point intriguer je me suis fait la loi :
» Il est trop fatigant de se changer de place;
» J'utilise mon temps en faisant la grimace;
» Je lis le Moniteur, car j'aime à m'ennuyer :
» Au manœuvre appartient de savoir travailler. »

Près de lui cependant, actif à la besogne,
Durillac, noble enfant de l'heureuse Gascogne,
S'évertue à rimer une épître à Vilis.
Il s'était cru poëte avant d'être commis :

Il est vrai qu'il faillit (si l'on en croit l'histoire)
Passer par l'hôpital pour aller à la gloire;
Mais, à temps revenu des lyriques transports,
De sa muse soudain il changea les accords:
Il chanta les bergers, les ruisseaux, les prairies;
Il encensa les grands, il flatta leurs manies:
Vilis était l'un d'eux, Vilis le fit commis;
Digne emploi d'un poëte adulateur soumis,
Qui, mendiant en vers et l'argent et l'outrage,
Avilit d'Apollon le superbe langage.

Ce n'est pas tout encore: un lâche délateur,
Que ses plus chers amis nommèrent Bas-en-Cœur,
Insolent que l'on vit, fabricateur d'intrigue,
Calomnier le roi, calomnier la ligue;
Ralieri, dont le zèle est payé du mépris,
Cumule les emplois d'espion, de commis,
Et, tramant au comptant la perte d'un collègue,
S'enrichit des lambeaux que le malheur lui lègue.

Hélas! à ces portraits mon esprit agité
Voudrait en vain cacher la triste vérité.
Soulevant en mépris les fers de l'esclavage,
Je voulais, de leur poids, déshonorant outrage,
Soulager le commis honnête et malheureux...
Oui, j'exécuterai ce dessein généreux:

Du modeste Doucet proclamant le mérite,
A l'éclat du grand jour, que sa candeur évite,
J'exposerai son nom, sa douce urbanité,
Sa rare tolérance et sa franche bonté!...
Mais, prévenant mes soins, la fortune propice
A jeté sur Doucet un regard de justice;
Elle élève aux honneurs un troisième commis,
Doucet est nommé chef. Entre tous ses amis
Son plus cher partisan, moi, son panégyriste,
Je me hâte, j'accours... Sot physionomiste!
Ami de Lavater et de son art trompeur,
Sur la foi d'un profil j'aurais donné mon cœur;
Je croyais, d'un regard, dévoiler la pensée,
Et des sons d'une voix mollement cadencée
J'augurais la franchise et la plus douce humeur.
Doucet m'a détrompé: son accueil protecteur,
Son ton demi-fausset, et son air à la glace,
M'ont révélé le sot honoré par sa place,
Qui, devenu tyran, d'esclave qu'il était,
S'avilit par orgueil et commande en valet.
Fuyons, pour conserver la foi, la bonhomie,
Les honneurs dangereux de la bureaucratie.
    Ici l'on se récrie, on condamne mes vers;
On reconnaît en eux le dangereux travers

D'un poëte ennemi de toute convenance,
Qui veut rire des sots, châtier l'insolence,
Arracher sans pitié le masque à l'imposteur,
Dispenser au hasard ou la honte ou l'honneur,
Et, dans un seul état accusant tous les hommes,
Prouver que nul n'est bon dans le siècle où nous sommes.
Taisez-vous, pauvre auteur! nous bravons vos efforts;
Nous ne craignons plus rien: Régnier, Gilbert, sont morts.
Et leurs vers le sont-ils? Leur souvenir vous tue:
En vain à le chasser votre esprit s'évertue;
Sans cesse renaissant, et toujours plus cuisant,
Il peint dans le passé tous les sots d'à présent.
Vous rappelez Gilbert! Rappelez-vous encore
Tous ceux que sa colère à jamais déshonore,
Tous ces penseurs gagés, tous ces flatteurs soumis,
Ces lâches courtisans et tous ces faux amis;
Les voilà devant vous: je vous laisse en présence,
Pour vous épouvanter de votre ressemblance[1].
  Mais, vous intéressant au destin des commis,
Vous voulez leur sauver la honte et le mépris,

---

[1] Vers de la tragédie de Frédégonde et Brunehault, par M. Lemercier, de l'académie française.

Et, prompts à m'accabler du poids de vos injures,
Vous traitez de forfait de trop justes censures.
Condamnez, j'y consens, les élans de mon cœur,
Si lâche, à votre exemple, il a trahi l'honneur,
Si d'un homme de bien il a flétri la vie,
S'il emprunta de vous l'infâme calomnie;
Mais quand, observateur, j'osai peindre en mes vers
Un vice, un ridicule, un dangereux travers,
Montrez-moi, s'il se peut, les preuves de mon crime?
Quelle est donc de mes jeux l'honorable victime?
Un commis! Il est vrai, j'ai vu dans cet état
La bassesse du vice et l'audace du fat,
La paresse du sot et le zèle du traître.
J'osai punir ensemble et l'esclave et le maître:
L'un usurpant ses droits, l'autre les oubliant;
L'un imposant des fers, et l'autre les portant.
Qu'ai-je fait que d'user des droits de la satire?
Du fat qui se pavane elle se plaît à rire;
Courageuse, elle attaque, au faîte des grandeurs,
Le vice au front doré, les traîtres délateurs;
Du lâche, dont un frac remplaça la livrée,
Elle brise en éclats l'arme déshonorée;
A sa verge de fer les faquins sont soumis:
C'était les mépriser qu'épargner les commis.

CORINNE.

Messénienne[1].

Plus de jeux dès long-temps, plus de fêtes pieuses,
Plus de riants concerts, de voix harmonieuses,
Qui célébraient l'amour, la victoire et les cieux :
La Grèce avait perdu ses héros et ses dieux !
    Reine, veuve et découronnée,
Les siècles l'ont pu voir, dans les pompes de deuil,
        Les attraits voilés d'un linceul
        Et d'esclaves environnée,
        Élever des cyprès nouveaux
        Sur la cendre des vieux tombeaux.

---

[1] Tuez les gens que vous voulez piller, a dit Voltaire aux plagiaires. En prenant au célèbre auteur des *Messéniennes* un titre dont il s'est, en quelque sorte, acquis la propriété, mon intention n'est certes pas de le *tuer*, même littérairement parlant : je laisse à d'autres cette tentative inutile.

Mais mon sujet est grec, le rhythme que j'ai employé pour le traiter est à l'imitation des chants de la Messénie ; un titre particulier, *Corinne*, disait trop peu, il ne caractérisait pas le genre du poëme : j'ai donc cru, triomphant de la peur que m'inspire une comparaison funeste à mon ouvrage, devoir lui donner le titre de *Messénienne :* heureux si le public veut bien y trouver, en le lisant, une excuse à ma hardiesse.

Enfin, après mille ans de malheur et d'outrage,
Elle a voulu briser les fers de l'esclavage,
Et, remettant le glaive aux mains de ses guerriers,
Cacher ses grands débris sous de nouveaux lauriers.
Alors on l'entendit, d'une voix affaiblie,
Crier à tous les Grecs: «Mes enfants, la patrie!
» La patrie!... elle meurt, et vous lui survivez!...
» N'êtes-vous plus les Grecs, et vos bras énervés
» Sauraient-ils mieux porter les chaînes que la lance?
» A qui laisserez-vous l'honneur de la vengeance?
» Odisseu, lève-toi, c'est le jour des combats;
» Si tu dois succomber, songe à Léonidas!...
» Levez-vous, mes enfants, Dieu vous doit la victoire;
» Martyrs, vous méritez les palmes de la gloire;
» Levez-vous, et frappez le soldat d'Ismaël,
» Arrosez de son sang le laurier paternel:
» Refoulez sous les flots sa détestable race,
» Que la postérité n'en trouve pas la trace;
   » Et de l'antique Parthénon
   » Relevant l'illustre ruine,
   » Vainqueurs, gravez sur son fronton
   » Les mots sacrés de Salamine,
   » De Platée et de Marathon. »
A ces mots s'éteignit un flambeau d'hyménée

Allumé par l'Amour aux rives du Pénée...
L'hymne de fête expire, et l'écho de l'autel
   Redit le belliqueux appel.
Comme on voit les vapeurs qui précèdent l'orage
Brunir à l'horizon les teintes du nuage,
Retarder du soleil l'éclat trop matinal,
CORINNE a rattaché le voile virginal;
Elle remet la fête au jour où la patrie,
Libre, pourra sourire au bonheur de sa vie,
Et d'un geste d'adieu saluant son amant,
Lui montre, en frémissant, l'autel et le croissant.
ANAXIS a compris l'appel à sa vaillance:
Il agite son glaive, il s'arme de sa lance;
Et, brisant sur l'autel un fragile olivier,
Lui promet au retour le myrte et le laurier.
   Promesses à jamais stériles!
   Noble mais imprudent transport!
   Il doit chanter l'hymne de mort
   Sur les tombeaux des Thermopyles.
   La croix n'est plus un talisman
   Qui donne aux chrétiens la victoire;
   Sous les coups du fer musulman
La croix tombe... avec elle un avenir de gloire.
   Les Grecs, par le nombre accablés,

2

Dispersés, sanglants, mutilés,
Laissaient compter leurs morts aux soldats du prophète
Et du laurier de Sparte ils dépouillaient leur tête.

Gage consolateur accordé par les cieux,
    Prêtre saint, revêts le cilice,
    Va préparer le sacrifice :
Tu dois à des chrétiens de leur fermer les yeux.
CORINNE, sur ses pas, va chercher le martyre;
Dépose ta guirlande, abandonne ta lyre;
Le funèbre cyprès doit parer les douleurs.
Quel hymne exprimerait tes soupirs et tes pleurs!
Vierge, va conquérir le doux titre d'épouse;
Hâte-toi, le temps fuit, et la mort est jalouse:
Son regard meurtrier déjà sur ANAXIS
A dirigé sa faux, et ses bras refroidis
Le traînent, accablé par des efforts stériles,
    Sur les tombeaux des Thermopyles.

En ce moment, des nuits l'astre silencieux
Remontait lentement à la voûte des cieux,
Et la brise du soir, soufflant sur le rivage,

Mêlait son bruit léger au seul bruit du feuillage.

C'étaient les mêmes lieux où, pour l'onde du bain,

Des vierges d'Anthéla la troupe vigilante

      Venait cueillir le romarin,

   Le laurier rose et les fleurs de l'acanthe.

Là, toujours la nature a gardé sa splendeur;

Mais les traces de l'homme attestent le malheur.

Les flots de l'Eurotas, le sol des Thermopyles,

Des ossements humains et la cendre des villes,

Froids et muets témoins de ce calme trompeur,

Écoutaient d'ANAXIS la plaintive douleur.

      Pressant encore sa bannière,

      Que flétrit le sort des combats,

      Immobile sur la poussière

      Du tombeau de Léonidas,

Le guerrier, fatigué d'une lente agonie,

Abandonnait à Dieu le flambeau de sa vie.

Mais un son faible et doux interrompt ses soupirs.

ANAXIS, ranimé par de doux souvenirs,

      Arrête sur la rive

      Son âme fugitive.

« CORINNE, c'est ta voix, dit-il: au souffle heureux

   » Qu'elle exhale en ces lieux,

» Je sens rafraîchir l'air, et ma tête mourante

» Se lève pour chercher le bras de mon amante. »

« Chrétien, répond le prêtre, au dernier de tes jours,

» Dieu lui-même bénit tes touchantes amours...

» Amants, courbez vos fronts sous la croix révérée,

» Répétez avec moi la prière sacrée. »

    Il disait : d'horribles clameurs

    Frappent les airs ; des Thermopyles

    Les solitudes immobiles

      S'émeuvent ; l'Eurotas

      A rejeté ses ondes

    Loin de ses demeures profondes ;

    Le cercueil de Léonidas

    Frémit ; le cyprès qui l'ombrage

Se balance, agité, comme au vent de l'orage.

    Pourquoi ce choc des éléments,

    Ce désordre de la nature ?

Esclaves d'Ismaël, farouches musulmans,

    Est-ce vous ? quelle est cette armure

    Qui brille aux lueurs des flambeaux ?

Quels pieds ont profané les marbres des tombeaux ?

La poudre qui les couvre, un musulman l'agite !

Lâche profanateur des autels du lévite,

Il planta ses croissants sur les murs du Coron :

L'écho du Sunium, illustré par Platon,

Ne redit que ses cris et ses accents stériles;
Il a brûlé Mégare... il entre aux Thermopyles !

Gémis et pleure encor pour la dernière fois,
Vierge, beau lis penché sur ta tige mourante...
Sous la tombe, ANAXIS, entraîne ton amante;
Prêtre, avant d'expirer, couvre-les de ta croix...
Dieu vengeur des chrétiens, fais entendre ta voix !
L'infidèle s'approche... il n'est plus d'espérance.
Toujours le désespoir inspire la vengeance.
Le prêtre se ranime aux portes du trépas ;
Il se lève et s'écrie : « Esclaves du prophète,
» Hâtez par vos clameurs cette imposante fête,
        » Le réveil de Léonidas. »
Léonidas ! ce nom la tombe le répète,
Les échos de ces lieux, la voix de la tempête.
Les mânes des trois cents, troublés dans leur sommeil,
Agitent leurs débris comme au jour du réveil.
Le Turc épouvanté rejette au loin ses armes,
        Pousse des cris d'alarmes,
Fuit, le cœur dévoré d'un impuissant courroux.
Le prêtre, en retombant, bénit les deux époux;
Il exhale à la fois sa prière et sa vie,

Aux âmes des martyrs son âme s'est unie :
Et quand à l'orient reparut le soleil,
On ne vit plus Corinne, au vallon de Mycène,
Célébrer de ses feux l'éclatant appareil.
Corinne n'était plus... une invincible chaîne
Unissait son amour à l'amour d'Anaxis.
Ensemble ils ont fini les chants de la prière;
Respectant les saints nœuds par le prêtre bénis,
La mort en même temps leur ferma la paupière,
Ensemble les couvrit de son crêpe fatal,
Et le souffle embaumé du zéphyr matinal
Reporta leurs soupirs aux sources de la vie.

Ah! penchez sur leurs corps votre tige fleurie,
Vous, lauriers toujours verts, dont les nobles rameaux
Défendent de l'oubli le culte des tombeaux.

Mère plaintive et désolée,
La Grèce, trop long-temps de son deuil accablée,
Implora pour vengeur le bras de l'Éternel...
Regarde, il te menace, ô profane Ismaël!
Tremble! la Grèce entière, émue en sa ruine,

Prépare à tes soldats une autre Salamine...

Donnez-moi mes pinceaux, je vais les voir mourir.

Comme a fini Xercès, Ismaël va finir !

Déjà, déjà les flots, soulevant leur écume

Pour lui cacher les flots que la vengeance allume,

Roulent sur lui la mort... Recommence tes chants,

Du courage et des arts noble et belle patrie !

    Grèce, conserve à tes enfants

L'honneur, la liberté, la haine des tyrans,

    L'immortalité du génie.

www.ingramcontent.com/pod-product-compliance
Lightning Source LLC
Chambersburg PA
CBHW061640180626
46818CB00005B/2434